Tucholsky Wagner Zola Scott Sydow Freud Schlegel
Turgenev Wallace Fonatne
Twain Walther von der Vogelweide Fouqué Friedrich II. von Preußen
Weber Freiligrath Frey
Kant Ernst
Fechner Fichte Weiße Rose von Fallersleben Richthofen Frommel
Hölderlin
Engels Fielding Eichendorff Tacitus Dumas
Fehrs Faber Flaubert
Maximilian I. von Habsburg Fock Eliasberg Ebner Eschenbach
Feuerbach Eliot Zweig
Ewald Vergil
Goethe London
Elisabeth von Österreich
Mendelssohn Balzac Shakespeare Dostojewski Ganghofer
Lichtenberg Rathenau Doyle Gjellerup
Trackl Stevenson Hambruch
Mommsen Tolstoi Lenz Droste-Hülshoff
Thoma Hanrieder
Dach von Arnim Hägele Hauff Humboldt
Verne
Karrillon Reuter Rousseau Hagen Hauptmann Gautier
Garschin
Defoe Hebbel Baudelaire
Damaschke Descartes
Hegel Kussmaul Herder
Wolfram von Eschenbach Dickens Schopenhauer Rilke George
Bronner Darwin Melville Grimm Jerome
Campe Horváth Aristoteles Bebel Proust
Bismarck Vigny Barlach Voltaire Federer Herodot
Gengenbach Heine
Storm Casanova Tersteegen Gilm Grillparzer Georgy
Chamberlain Lessing Langbein Gryphius
Brentano Lafontaine
Strachwitz Claudius Schiller Kralik Iffland Sokrates
Katharina II. von Rußland Bellamy Schilling
Gerstäcker Raabe Gibbon Tschechow
Löns Hesse Hoffmann Gogol Wilde Vulpius
Luther Heym Hofmannsthal Gleim
Roth Klee Hölty Morgenstern Goedicke
Luxemburg Heyse Klopstock Kleist
Puschkin Homer Mörike Musil
Machiavelli La Roche Horaz
Navarra Aurel Musset Kierkegaard Kraft Kraus
Lamprecht Kind Kirchhoff Hugo Moltke
Nestroy Marie de France
Laotse Ipsen Liebknecht
Nietzsche Nansen Ringelnatz
Marx Lassalle Gorki Klett Leibniz
von Ossietzky May
vom Stein Lawrence Irving
Petalozzi Knigge
Platon Pückler Michelangelo Kafka
Sachs Poe Kock
Liebermann
de Sade Praetorius Mistral Zetkin Korolenko

Der Verlag tredition aus Hamburg veröffentlicht in der Reihe **TREDITION CLASSICS** Werke aus mehr als zwei Jahrtausenden. Diese waren zu einem Großteil vergriffen oder nur noch antiquarisch erhältlich.

Symbolfigur für **TREDITION CLASSICS** ist Johannes Gutenberg (1400 — 1468), der Erfinder des Buchdrucks mit Metalllettern und der Druckerpresse.

Mit der Buchreihe **TREDITION CLASSICS** verfolgt tredition das Ziel, tausende Klassiker der Weltliteratur verschiedener Sprachen wieder als gedruckte Bücher aufzulegen – und das weltweit!

Die Buchreihe dient zur Bewahrung der Literatur und Förderung der Kultur. Sie trägt so dazu bei, dass viele tausend Werke nicht in Vergessenheit geraten.

Charles Baudelaire

Arthur Holitscher

Impressum

Autor: Arthur Holitscher
Umschlagkonzept: toepferschumann, Berlin

Verlag: tredition GmbH, Hamburg
ISBN: 978-3-8495-3045-7
Printed in Germany

Arthur Holitscher

Charles Baudelaire

Ame curieuse qui souffres
Et vas cherchant ton paradis,
Plains-moi!... sinon, je te maudis!

DIE
LITERATUR
HERAUSGEGEBEN·VON
GEORG·BRANDES

Charles
Baudelaire
von Arthur Holitscher
Mit neun Vollbildern
in Tonätzung
und drei Faksimiles

BARD·MARQUARDT·&·C°·BERLIN

CHARLES BAUDELAIRE

Paris war seine Heimat seine Heimat ist nicht zwischen Seine, Marne, Loire; die Zeit seines Lebens war erfüllt von den kleinen Katastrophen der Restauration, des Bürgerkönigtums, zweiten Kaiserreichs, diese Zeit ist seiner Seele Heimat nicht. Zeitlos, heimatlos sind ja auch sie, die unbegreiflich Großen, die ihres Lebens Spanne durchschreiten mit Schritten, welche den Takt während der Ewigkeiten vor ihrer Geburt erworben zu haben scheinen, den Takt um keine Schwingung geändert haben, wenn sie, ihren Tod hinter sich lassend, neuen Ewigkeiten zuschreiten. Aber manches große Leben ist wie von einer ungeheuren, feindseligen Faust tief in den widerstrebenden Boden einer Nation, eines Zeitalters hineingetrieben, und nach Jahrzehnten, Jahrhunderten, wenn der Boden längst verebbt und das Fundament dieses Lebens sichtbar geworden ist, hält es noch schwer, in ihm lediglich den Fremdkörper zu erkennen, der es doch war, so viele feine Fasern, Wurzeln ähnlich, blieben an ihm haften. Man darf sagen: dieser Leben Heimat war so recht eigentlich der Schmerz, und ein Schleier von tiefem menschlichen Mitgefühl wird vor dem Auge stehn, das jene Leben aus der Ferne betrachtet.

Hugo, Balzac, Flaubert: es sind die Souveräne, unter denen Baudelaire gelebt hat; in ihrer Mitte mag sein Vaterland gezeichnet sein. Ihnen diente wohl die Welt in der sie standen, keinem höheren Zwecke, als das mitgeborene Wissen um ewige Dinge an ihr zu kontrollieren. Breit und wuchtig fällt ihr Schatten vom Horizont noch in unsere Tage herein. Zwischen ihnen, die da ragen aufrecht und übergroß wie mächtige Granite – Hugo, den Seherblick über sein erbebendes Volk hinweg auf Wolkenzüge gerichtet, – Balzac, den stahlscharfen Blick, dem Irdischen grimmiger zugewandt, durch das Gewimmel der Zusammenhänge ins innerste Räderwerk der Grundleidenschaften versenkt, – Flaubert, den verschlossenen Blick, damit an dem Spiel der heimlichsten Reflexbewegungen Drang und Bedrängnis sich enthülle, grausam nach Innen gekehrt – zwischen ihnen erscheint uns Baudelaire in der Gestalt des »sinnenden Mannes« von Rodin, menschenähnlicher wiewohl aus einem Felsen losgerissen, nackt und in Krämpfen, die noch die Materie durchschüttern, den ganzen Leib vom schmerzhaften Aufruhr einer unverständlichen Verdammnis verkrümmt. Rings um ihn brausen die offenkundigen Gewalten, die die Welt erfüllen, ihren Lauf lenkend, sie sind zu einer fast greifbaren Gegenwärtigkeit geweckt durch jene großen Beschwörer, in Rhythmen gegossen, Sentenzen gepreßt, Rede und Gegenrede gezwungen, die Ewigkeit selbst scheint sie eingegeben zu haben, so überkräftig schwellen sie den Rahmen der Sprache – allein er horcht vor sich hin. Die Stimmen, die in ihm erklingen, spärlicher hereindringen von außen, einander zu verwegen schönen Akkorden ergänzen, in Dissonanzen zusammenschlagen, deren Weh schöner noch ist, die Stimmen, auf die er horcht, haben mit jenem Brausen um ihn nichts gemein. Unter ihnen vibriert heimlich und fremd ein Ton, es erfüllt ihn mit Schrecken, denn er erkennt sein tötliches Schicksal in dem Ton, mit Jubel, denn es ist der eigene Ton, den er erkannt hat. In Jahren, in denen das junge Herz und Hirn vor die harte, nicht selten zermalmende Notwendigkeit gestellt ist: sich zurechtzufinden in den verworrenen Wegen der äußeren Schicksale, die frohe Unbotmäßigkeit sich zu wahren gegenüber den mitlebenden geistigen Herrschern – in diesen Jahren erschließt sich ihm die Erkenntnis einer weit bittreren Aufgabe: sich zurecht zu finden in der eigen absonderlichen Natur. Sie ist keine von den siegreichen; unterliegen ward ihr Teil, ihre Eigenart; sie kann sich nur behaupten, indem sie unterliegt. Wohl fällt Hugos All in ihr Bereich, wie Balzacs mächtige diesseitige Welt. Aber beide sind für sie nur die gleiche Quelle des Leidens; denn mit der steten, rätselvollen Angst behaftet, auf den Pfaden der Höhe den Erdboden nicht unter den Füßen zu verlieren, auf den Pfaden der Tiefe den Sinn frei und hoch zu bewahren, fühlt sie sich auf keinem heimisch, vergeht in Sehnsucht, stirbt an Zwiespältigkeit; zudem ist ihr die verhängnisvolle Gabe der Analyse mitgegeben, und während sie Flauberts blinkende Waffe nervig und unerbittlich gegen sich selbst handhabt, legt sie vor ihrem Gewissen die Eigenschaften bloß, die sie von allem Glück, von Ruhe, Schönheit, Harmonie scheiden. Eine Welt gilts zu entbinden, der das Siegel des Duldens, der fruchtlosen Auflehnung aufgepreßt ist, es gilt, sie den Welten rings, die der Triumph über das Leben zu Tage förderte, zur Seite zu stellen. In dieser Anstrengung eines kranken Titanen werden sich die Nerven, Muskeln des Genius anspannen bis zum Zerreissen; das irdische Herz wird sich vor der Helle der Gefühle, die sich bis zur Intensität von Gesichten sublimieren, zusammenkrampfen, wie ein Auge schließen, in die künstlichen Grotten des Vergessens, tiefster Nacht flüchten – um nach teuer erkaufter Rast, in übermenschlichem Aufraffen wieder emporzufahren in die mörderische Gegenwart.

Es läßt sich ausdenken, zu welcher unverhältnismäßigen Bedeutung die äußeren Verhältnisse dem Menschen erwachsen können, müssen, der ein Schicksal so voll einsamer Tragik auszukämpfen haben wird. Und was kommt dem Schmerz gleich, der darin liegt: Schöpfer einer fremden, befremdlichen Welt sein zu müssen in einer Gegenwart, die den notwendigsten äußeren Bedingungen einer gesteigerten Existenz ihr höhnisches Nein entgegenstellt? Die Geschichte der Literatur ist ja eine lange Reihe von Exempeln, wie die Menschen jene zu foltern wußten, die sich selbst gefoltert haben, doch gingen wohl selten die Entwicklungslinien eines Zeitlaufs und der Besten, deren Dasein sich in ihm abspielte, so scharf auseinander, wie zu Baudelaires Lebzeiten. Noch bedeutete der Name Napoleons mehr als eine Legende blos, auf den Straßen, in den Gärten von Paris konnte man zerschossene Krüppel mit irrer Liebe von dem Manne reden hören, für dessen Ehrgeiz die Brüder und Kameraden ihr Leben lassen durften – aber es war, als seien in jenem kaum erloschenen Brande alle edlen Säfte der Nation verraucht. In den Geschichtsbüchern jener Epoche steht zu lesen, daß eine schale, furchtsame und vernünftlerische Reaktion das öffentliche Leben jeder Größe entkleidete, daß der überstürzte Wechsel der Regime doch nur Namen zu Tage förderte, die alsbald Synonyme für Feilheit, Beschränktheit, niedre Kriecherei wurden. In diesem Frankreich, in dem stets nur der Adel und der Pöbel sich wahrhaft erhaben gezeigt, hatte die wirtschaftliche Erschütterung der Revolution einen Kleinbürgerstand jählings hochgebracht, dessen languntergedrückte Herrschsucht, Geldgier, trüben Instinkte mit explosiver Kraft, einer Flut von Gold und Kot alles überschwemmten.

Hierro! Eisen – die Parole, die Hugo seinen Leuten in die »Ernani«-Schlacht mitgab, blieb für die junge Romantische Schule die Losung, sich von der herrschenden Klasse (der sie zum größeren Teil entstammte) abzuwenden, zusammenzuschließen. Das Schlagwort »Fortschritt«, das im politischen, gesellschaftlichen, wirtschaftlichen Leben allmählich identisch wurde mit Industrialismus, brutaler Nivellierung, Unterdrückung der Gegensätze mit Ausnahme jener des Besitzes, dieses Wort wurde den Künstlern ein Antrieb zur freiesten, ja ungezügelten Betonung, Unterstreichung des Andersgeartetseins. Die Menschenalter, die darüber vergangen sind, haben diese Divergenz, scheints, immer schärfer herausgearbeitet. Einer Dichtergeneration, die von den Romantikern herkommt, wurde der Name des Verfalls, der Dekadenz angeheftet, nicht etwa, weil sie gleich den ähnlich gekennzeichneten Schriftstellern der antiken Literaturen getreuer Spiegel ihrer hochentwickelten Zeit war, sondern offenbar: weil sie durch ihre Werke ihre tiefwurzelnde persönliche Kultur in schroffen Gegensatz stellte zur prahlerischen Civilisation ihrer eigentlich der Barbarei näherstehenden Zeit. Ihre Sonderstellung ist vielleicht nicht mehr allein durch ihr Anderssein bedingt, sondern durch eine der Notwehr entsprungene Erhitzung, Übertreibung dieses Andersseins, ein dem Selbsterhaltungstrieb gemäßes eindringliches Verweilen bei den Gegensätzen, die sie isolieren. So wird die laute Anbetung der Sünde, das unbeschönigte sich zu einem Laster Bekennen, das unbedingte Kapitulieren vor scharfen, ätzenden, von der Natürlichkeit wegdrängenden Trieben, das Abweisen jener ausgleichenden Hypocrisie »Moral«, die Erhebung des Pessimismus zum Lebensregenten – als Revolte einsamer, von Überdruß und Verachtung erfüllter Seelen anzusehen sein, die vor dem Leben die Waffen strecken, weil sie den Kampf mit der Übermacht verschmähen.

Nicht ausschließlich vor der Geburt, in den verhängnisvollen Gesetzen der Blutmischung, des Ineinanderschießens der Temperamente sind die Wurzeln eines Lebens zu suchen, empfindliche Naturen schreiben ihre Schicksale leichter den Ereignissen der frühen Jugendjahre zu. Baudelaire beweinte Zeit seines Lebens die Freudlosigkeit seiner Kindheit, in deren Trauer viele schlimmen Keime die besonderen Säfte fanden, um in die Halme zu schießen. Der Vater, eine noble Figur des 18. Jahrhunderts, in den Abenteuern der Revolution abgenutzt, im Verkehr mit Geistern wie Condorcet, Mme. Helvetius verfeinert, vermählte sich im Alter zum zweitenmal, und die Frau, die jung und anmutsvoll Mutter des Dichters wurde, spricht von ihm nach einem halben Jahrhundert noch als von einem Greis, dessen weltmännische Formen und blendender Witz sie bestrickt haben mochten. Im Heim, darin vermutlich nicht sehr viel Liebe wohnte, vergingen dem Knaben die einzigen, spärlichen Jahre des Glückes. Schöngeformte Möbel zierten die Zimmer, vom Goldbraun des Boule hoben sich gute Abgüsse nach antiken Statuen ab, Apollo, Venus, der Hermaphrodit des Louvre; ein Hauch des Wohlbefindens über alldiesem, Atmosphäre zum Genuß des Schönen beruhigter Sinnlichkeit, gute Gespräche mit erlesenen Menschen, Töne eines Clavecins und das Walten einer graziösen Frau. Vater und Kind verlebten die wenigen Jahre wie zwei Menschen, die wissen: es kann nicht dauern, es heißt bald: Abschied nehmen, und die Jahre sind getönt von einem leisen Schmerz, der der Liebe Dauer gibt und dem Andenken Kraft nachzuwirken. Durch die fremdartige Welt der Museen, die Statuenreihen des Luxemburgparkes durfte der Knabe oft an des Vaters Hand gehen, und wenn der alte Herr stehen blieb um dem Kinde eines der merkwürdigen Dinge zu zeigen, dran sein Auge mit Bewunderung hing, dann preßte sich die große Hand wohl enger um die kleinen Finger zusammen. Nach vierzig Jahren, als ein vom Leben zermalmter Mensch, gedenkt Baudelaire noch kindlich dieses Vaters, erlegt es sich in einer sonderbaren Zeile seines Tagebuchs, einer der letzten, als Verpflichtung auf: täglich im Gebet fortan die Seele des

Vaters anzurufen! und gewiß haben seine heißen Augen öfter als einmal sich auf die müdgewordenen Hände geneigt, als könnten sie dort den Druck jener treuen, warmen Hand durch Tränen zurückrufen.

Charles war sechs Jahre alt, als sein Vater starb. Ein Jahr später verlor er seine Mutter. Kaum war das Trauerjahr um, ging sie mit dem Hauptmann Aupick eine neue Ehe ein, in der sie äußerst glücklich wurde, die Segnungen eines ungetrübten Familienlebens, die Ehren einer bis zu den Höhen sich steigernden sozialen Position auskostete, Wohlstand, Glanz, Zufriedenheit – alles, dessen Mangel das Herz ihres Kindes zu Tode marterte. »Quand on a un fils comme moi, on ne se remarie pas!« Diesen Ausspruch hörten Baudelaires Freunde oft und es war mehr Schmerz als Überhebung in der Stimme, die ihn rief. Der Verlust des Vaters, der Mutter, wurde der Stachel der Trauer, die ihn sein lebenlang nicht verließ, wach blieb, selten einschlummerte. Aus ihren Briefen an den biederen und liebevollen, nur ach so prüden Biografen Baudelaires, Asselineau, lernt man Mme. Aupick als eine kluge, wenn auch bigotte Frau von unstreitiger Gutmütigkeit kennen, deren innerstes Wesen sich freilich vor der außerbürgerlichen Tätigkeit und Lebensweise ihres Sohnes voll Abscheu verschloß. Bezeichnender Weise führte sie noch nach Charles Tode, der ihm schon fast die Glorie brachte, einen erbitterten Kampf um die Unterdrückung eines Gedichtes in der Neuauflage der »Fleurs du mal«, des »Reniement de St. Pierre«, während ähnliche Bedenken aus Glaubensgründen bezüglich der »Litanies de Satan«:

»O Satan, prends pitié de ma longue misère!« durch ihre ästhetische Bewunderung übertönt wurden! Verstanden hat sie Charles nie, sah in ihm, fast so lange er lebte, nicht viel mehr als einen Taugenichts, der aus einer Lotterexistenz sich seiner Angehörigen erst entsann, wenn er nicht mehr wußte, woher Geld schaffen. Der Hauptmann Aupick, der es in glänzender Carrière bis zum Feldmarschall, dann zum Botschafter in Madrid und Konstantinopel brachte, erscheint als eine tüchtige, rigide Soldatenseele, ders gleich gilt, ob sie Napoleon, Karl dem X., Louis Philippe oder der Republik dient, der Dienen das Wesentliche ist, die voll ist bis an den Rand vom Dünkel gewissenhafter Knechte. Nach mannigfachen Versuchen, einen Diplomaten, gar einen Handelsbeflissenen aus Charles zu machen, zog er die Hand von ihm, war fortan mit allen Mitteln nur bestrebt, sich, seine Frau, ihr Behagen vor dem Entarteten zu schützen.

Schon als Kind fand Charles sich verlassen, isoliert, ohne Wärme, ohne eine streichelnde Hand. Vom Tode des Vaters an, der ihn wohl geliebt, erkannt, gefördert hätte, ist sein Leben beschattet, freudlos. Es ist erklärlich, daß sich aus solchen Kindesjahren bei glücklichster Veranlagung eine zage, krankhafte, eine Poesie bei künstlicher Beleuchtung ergeben kann. Was eine von solch hartem Schicksal getroffene junge Seele auch schaffen wird, es wird ein morbider Glanz darum sein; denn es ist nicht wahr, daß Schmerz nötig sei, damit ein Talent sich entwickele: Harmonie von Lust und Schmerz ist nötig; und meist beteuern es jene am lautesten, ein Talent müsse sich Bahn brechen, trotz allem, die dem Talente die ärgsten Knüppel vor die Füße schleudern. In dem wundervollen Gedicht: »Bénédiction«, das wie ein Orgelpunkt die auseinanderstrebende Fuge seines Lebens zusammenhält, ruft die Mutter des Dichters Gott in einem gewaltigen Schrei an:

> »Je ferai rejaillir ta haine qui m'accable
> Sur l'instrument maudit de tes méchancetés,
> Et je tordrai si bien cet arbre misérable,
> Qu'il ne pourra pousser ses boutons empestés!«

Hier ist die Formel gefunden für das tiefe Grauen, den instinktiven Haß der Familie des Dichters für ihren ersten natürlichen Feind, der ja das Beste aus ihrem Mark sog, wodurch er groß wurde. Wieder trifft bei keinem menschlichen Wesen die perspektivische Lehre: daß die Nächststehenden am größten erscheinen, das Größte des Horizontes fortnehmen, härter zu, als bei dem Dichter, denn wem täte es bitterer not, als dem aus seinen Höhen Niederfliehenden, sich zu Zeiten klein und bedürftig zu zeigen, den einzigen Menschen, vor denen dies ohne Schaden möglich ist, den Eltern?

Ein ergreifendes Bild des kleinen Charles in der Uniform des französischen Collégien zeigt ein ernstes Kind mit traurigem Mund und den erschrockenen Augen der erlauchten, eben erwachenden Seele, der sich der Schein eines großen Schicksals schon zu enthüllen angefangen hat. An M. Maeterlinck's »avertis« muß man denken, die halb bewußt schon die Last einer nahen Agonie durch ihre jungen Tage schleppen. In den großen, trostlosen Erziehungskasernen, aus deren Tor man in Paris die kleinen blassen Jungen mit vorzeitig geweckten, ungeduldigen Augen in langen Kolonnen herausziehen sieht, in den kahlen Sälen dieser Gefängnisse entwickelte sich das Gefühl der Vereinsamung in ihm, der Wünsche, die nicht befriedigt werden, der Bestimmung, einsam bleiben zu müssen unter den Menschen, wie er's zwischen seinen Kameraden war, trotz sehr nagender Sehnsucht nach Zuneigung, Gemeinschaft! »Tout enfant, j'ai senti dans mon coeur deux sentiments contradictoires: l'horreur de la vie et l'extase de la vie. C'est bien le fait d'un paresseux nerveux!«

Noch eins kam zu Schaden in diesen kalten Jahren: die schüchtern aus der Kindesseele hervorlugende Pflanze Sinnlichkeit. In der reizvoll preziösen Weise, in der Baudelaire mitunter seine intimsten Bekenntnisse für sich selbst zu formulieren liebt, heißt es (in den Tagebuchnotizen »Fusées«): »Le goût précoce des femmes. Je confondais l'odeur de la fourrure avec l'odeur de la femme. Je me souviens ... Enfin, j'aimais ma mère pour son élégance. J'étais donc un dandy précoce.« Dies ist so wahr paradox, als ein Paradoxon eine Wahrheit ist, die sich mit einer Lüge bekleidet hat, ein Dandy unter den Wahrheiten. Schält man die Hülle von den Worten, dann steht ein Kind da, das sich gern an die Röcke der Mutter klammern, gern von einer weißen beringten Hand geliebkost, gern in die Höhe genommen und mitten auf den Mund geküßt werden möchte. Traurig das Los dessen, in dem diese erste Form des Geschlechtstriebes: Kindesliebe unterdrückt, zurückgedämmt, gefälscht ist; die frühgeweckte Einbildungskraft wird sich von seinem Kindersinn, diesem Zehrpfennig fürs ganze Leben, nähren, und er wird, statt in den Frauen die eigene Mutter, in der eigenen Mutter bald die Frau erblicken. Aber es war doch wohl die heimliche, keusche Erinnerung an die Mutter (die wohl jetzt Mme. Aupick hieß), die ihn »en ces temps d'adolescences pâles« davor bewahrte, was junge Schüler Venus nennen, und das trübe Schwelen der Pubertätszeit in der weitaus reineren Flamme einer Knabenliebschaft aufflackern ließ (wegen welcher er von der Schule gejagt wurde.)

> »... maintenant que nous sommes
> Fatigués et flétris comme les autres hommes ...«

Diese naivpathetischen Verse schrieb der kaum Achtzehnjährige
als Abschied von seiner Kindheit. Auch später, in Jahren der Reife,
des Entsagens, fand er niemals ein Wort des Bedauerns, dieser
Kindheit nachzuweinen, sondern sie weckte in ihm nur düstere
Bilder der Qual. Von allen verlassen, Zielscheibe der Bosheit und
Grausamkeit der Menschen, wendet das enterbte Kind sein Antlitz
der Sonne zu. Aus ihr soll Wärme in seine Wangen strömen, sie soll
seine Wimpern trocknen; die Wolken des Himmels sind die einzigen Kameraden, mit denen es Zwiesprache führen darf ohne beleidigt, geschmäht zu werden, der Wind, der vorüberstreicht, liebkost
es allein, sein Haar, seine Hände. Und singend schreitet es, vom
Schluchzen seines Schutzengels begleitet, den Weg des Leidens
hinan. –

Eine kleine, helle Episode leuchtet aus diesen Jahren hervor, Baudelaire erzählt sie in dem köstlichen kleinen Aufsatz von der Moral
des Spielzeugs, sie dient ihm als Ausgangspunkt für tiefe Betrachtungen über die Kindesseele. Liest man sie, will's scheinen, als be-
deute sie mehr, als sei in ihr, wie im Brennspiegel des Gerichts, das
Symbol dieses Lebens eingefangen, gesammelt. Als kleiner Junge
wurde Baudelaire von seiner Mutter einst zu einer Dame mitge-
nommen, welche Mme. Panckoucke hieß und in einer sehr stillen
Straße, in einem wunderlichen, alten Hause für sich hinlebte. Eine
Weile saß die schöne, ganz in Samt und Pelzwerk gekleidete Dame
dem Besuch gegenüber, aber mit einem Male stand sie auf, faßte
den Kleinen bei der Hand, führte ihn durch eine Flucht von Zim-
mern vor eine verschlossene Tür, sprach: »Voici Je trésor des en-
fants. J'ai un petit budget, qui leur est consacré et quand un gentil
petit garçon vient me voir, je J'amène içi, afin qu'il emporte un sou-
venir de moi. Choisissez.«

Das Zimmer, dessen Tür sich nun auftat, war mit Puppen, künstlichen Tieren, Theatern, Spielzeug aller Art angefüllt bis an den
Plafond. Aber auch den bedeckten sie, hingen an Fäden von ihm
herab, verhüllten die Wände mit ihrer Menge, standen dicht auf
dem Fußboden, man konnte keinen Schritt tun. Ohne sich zu bedenken, stürzte das Kind auf das prächtigste, kostbarste von allem
Spielzeug zu, das die Stube enthielt. »Aber Charles!« rief die Mutter. »Lassen Sie ihn doch gewähren!« sprach die Dame. Schließlich

setzte es die Mutter durch, daß Charles mit einem weit bescheideneren Geschenk vorliebnahm.

Nie sah er das Feenreich wieder, nie wieder das wunderliche, alte Häuschen, nie wieder die gute Dame Panckoucke, ganz mit Samt und Pelz bekleidet. –

Baudelaire im Jahr 1844
Nach einem Gemälde von De Roy

Baudelaire gehörte nicht zu jenen, die blind und trunken von Jugend in den Lichtschein der Schönheit hineintaumeln, im ersten Rausch der Kraft, fast bewußtlos Rhythmen hinausschreien, an deren Rechtfertigung sie dann nicht selten Not und Lust eines langen Daseins wenden; sein Bild der Schönheit taugte solchem Überschwange schlecht, zu tief lag die Ehrfurcht vor den Riten der Form in ihm verankert. »J'unisuncoeur de neige à la blancheurdes cygnes, Je hais le mouvement, qui déplace les lignes ...« Diesem Bild einer Gottheit naht kein formloses Drängen, weitab von überschäumenden Strudeln spült beherrschte Brandung seine Stufen. Die Worte galten Baudelaire nicht allein für den Kult der geweihten Stunde, sie wurden ihm gewissermaßen auch zum Gesetz für die äußere Lebensführung; Ernst und Strenge, an die Form gewandt, wurde dem Menschen unter Menschen zur strengsten Zucht, einer Korrektion, die dem Bürger leicht als Manier erscheinen mochte, dem Künstler aber eine Bestätigung, wenn nicht Ergänzung bedeutete; unter den jungen Bohémiens, die kaum dem elterlichen Zwange, dem Frohn des Collège entschlüpft, durch wildeste Tracht und ungebärdige Lockerheit ihren hehren Beruf dem erstaunten Passanten an den Kopf warfen, trug der kaum Zwanzigjährige bereits die weltkundige Überlegenheit des Dandy durch die Quartier-Latin-Gassen.

Das Problem des Dandy beschäftigte ihn lange und tief. Gewiß streift eine Notiz (des Tagebuches: »Moncoeur mis a nu«): »Le dandy doit aspirer à être sublime sans interruption. Il doit vivre et dormir devant un miroir«, nur die nach der Außenwelt gekehrte Oberfläche des Problems. Der Dandy, wie Baudelaire ihn auffaßte, zur Schau trug, der Dandy in der heroischen Bedeutung des Wortes ist der echteste Sohn der Romantik, den die Erkenntnis der von dem Rest der Menschen scheidenden Eigenart auf die Höhe eines perfekten Egoismus getrieben hat, ein Schauspieler, dem's im Sturm der Dialoge nicht einfallen wird, auf ein andres Stichwort zu hören, als das er selbst sich gab, er geht in einem Maskengewand um, das ihm die Freiheit wahrt unter Menschen, die sich als seinesgleichen erachten, er hat eine Mauer um sich aufgebaut, damit die Geschehnisse, die sich hinter ihr abspielen, profanen Blicken entzogen werden. Es können nun Geschehnisse mancher Art sein, um die sich die Mauer des Dandysmus erhebt: ein Aufblühen, aber auch ein Erlöschen, Zusammenscharren großen Reichtums, Geiz, aber auch ein Verheimlichen unverdienter Dürftigkeit; es kann wohl die Snobsfarce, die Tragikomödie des Nichts, aber auch ein Zweikampf sein oder ein Selbstmord, der sich in solcher Verborgenheit abspielt. Denn der Dandy darf durchaus nicht mit dem kleinen travestierten Bürger verwechselt werden, der sich aus gutbürgerlicher Eitelkeit einen Kopf zurechtmacht, der's auf die Verblüffung des Bürgers abgesehen hat, also im Grunde doch den Bürger zum Ausgangspunkt nimmt, um seine Distanz klarzutun. Er wird sich vielmehr bemühen, äußerlich möglichst wenig von der Gesellschaftsklasse abzustechen, der er angehört, in einer unmerklichen Nüance aber den Abstand von allen auszudrücken. Er ist das Produkt einer Kette von Erlebnissen, Erfahrungen, Reflexionen, Entschlüssen, ein Mensch, durch den das Leben gegangen ist, durch und durch.

Daß Baudelaire die Maske des Dandy umtat, in einem Alter, da andre mit ihrem Herzen auf der Hand noch durch die Menge laufen, gibt Kunde von der vorzeitigen Desillusion durch die traurige Jugend; daß er die Mauer um sich aufrichtete, geschah: weil er die Tragödie ahnte, die sich nun in ihm begeben würde. Betrachtet einer sein Leben, muß er einen Punkt zu gewinnen suchen, von dem aus zu überblicken ist, wann der Dichter aus der Einfriedigung heraustritt, wann der Dandy sich in ihr Inneres zurückflüchtet – und vielleicht werden die Ereignisse auf jener schmalen Scheide die bezeichnendsten für die Einsicht in seinen Charakter sein.

Das erste Wort, das der Dandy aus seinem Wörterbuch streicht, ist: Sehnsucht; es ist das letzte, das der Dichter in seinem Wortschatz missen darf; der Dandy ist der große Unfruchtbare, des Dichters Leben ist von den Schmerzen des Gebarens erschüttert bis ans Ende; was der Dichterdandy am ersten verheimlichen muß, ist die Sehnsucht, Prinzip der Fruchtbarkeit, sind die Wehen, der Schmerz. An beiden war Baudelaire reich wie wenige. Als sei's nicht genug an der mitgeborenen Sehnsucht nach dem Glücke, das nur die Menschen, die animalische Wärme der Liebe geben kann; nach dem anderen, das »im tötlichen Schoß der Chimäre« verborgen ist – hatte das Schicksal ihn früh einen Blick tun lassen in die Herrlichkeiten der Welt, die man nur einmal sehen darf, die, sieht man sie zum zweitenmal, schal geworden sind. Wieder war's der Stiefvater Charles', dessen sich die Vorsehung bediente für ihren Zweck; die Reise nach den Tropen, Indien, Ceylon, Mauritius, fernen glühenden Himmelsstrichen voll großer Sonnen, überhitzter Lust und Düften, die die Stunden des Tages mit Träumen schwängern, diese Reise trat Baudelaire auf einem Schiffe an, dessen Kapitän, ein Freund Aupicks, den Auftrag hatte, Charles die Geheimnisse des überseeischen Handels zu erschließen. Baudelaire schildert diese Reise später, als sei ihr eigentlicher Zweck gewesen, ihn auf einleuchtende Art umzubringen; da gab's Schiffbrüche, böse Fieber, Händel mit den Eingeborenen, alle Fährlichkeiten fielen auf das Haupt des Stiefvaters zurück. Was Baudelaire unter diesen Rodomontaden zu verbergen suchte, war der tiefe, unauslöschliche Eindruck des Erlebnisses, war die Schönheit, die sich ihm auf dieser Reise aufgetan hatte.

Sie lebt in seinen Augen fort, die ihre Farbe suchen, in den Fibern seiner empfindlichen Sinne, denen die Erscheinungen des rauhen Klimas nicht mehr genügen, in seinen Begierden, denen eine kurze, unvergleichliche Erfüllung geworden war, in seinen Gedanken, die in unerhörten Fernen sich verlieren, in seinem Stil. Denn diese Schönheit ist's, die durch die großen fremdartigen Bilder der »Fleurs« einen Strom von Duft schwellen läßt, welcher das Herz der Worte sättigt, daß sie ihre Würze bewahren durch alle Zeiten; die wie ein machtvoll heißer Wind tausend Keime mit sich führt und die Worte wachsen läßt, daß sie bunt und stark und schattig werden wie tropische Wunderbäume. Diese Schönheit hat ihren Anteil an allem, was Baudelaire so hoch emporhebt künftig, so tief niederdrückt. Sehnsucht nährt sich von Freuden ohne Dauer, wie Eltern vielleicht jene Kinder am tiefsten betrauern, die bald nach der Geburt gestorben sind; eine Landschaft, im Lichte eines Blitzes gesehen, kann sich der Erinnerung dauernder einprägen, als eine, über der die Sonne schien, der Mond gestanden hat; dem Jüngling, der wider Willen ins Ungewisse mitgerissen wurde, zeigte sich in einem Aufflackern ein Irrwisch, Schein, ein Schimmern, und als es längst entschwunden, erkennt er's: es war das Ziel. Was im Bereich des

Erlangens liegt, erscheint ihm fortan des Erlangens unwerter, er schminkt dem Sichtbaren Farben an aus der Erinnerung an jene unerreichten, doch wirklichen; die nüchternen Linien, an denen sein Blick, leidend vor Widerwillen, herabgleitet, biegt er zu Konturen um, die ihn an die fantastischen Schatten vor abendlichen Purpurhimmeln gemahnen; in die matte Seele der Dinge gießt er, daß sie überläuft, das Feuer, das einmal entfacht, in ihm nicht mehr verlöschen will. Was er sinnt und betrachtet, gewinnt einen Abglanz von Unwahrscheinlichkeit, das Natürliche schießt empor zur Höhe des Künstlichen, weil ja das Künstliche im letzten Grunde das Natürliche unter einem andern Breitegrade ist, über welchem ein glühenderes Gestirn brennt.

Auf dieser Reise, so verkündet es sich dunkel, hat der Künstler Baudelaire seine Weihe empfangen; er kehrte zurück, gereift, denn er hatte gesehen. Dies Wort: gesehn, schlägt die Sehnsucht ins Blut zurück, in einem dunkeln Vorgang wie jener es ist, der die Muttermilch im Weibe schafft.

Spleen et Idéal! »Trübsinn und Vergeistigung[1] – die Worte stehen als Introite! über der Pforte des kleinen schwarzen Hauses, das in der Abgeschiedenheit der Insel St.-Louis Baudelaire nach seiner Rückkehr von den Tropen aufnahm. Er liebte dies sonderbare Viertel, das schmal und düster mit seiner Last tausendjähriger Abenteuer wie ein festangebundener Kahn mitten im Strom Paris ruht. Hier mußten die Augen sich nicht schließen, damit die Erinnerung die Gegenwart übertöne, Hoffnungen und Erschrecken konnten hierher getragen werden zur einsamen Sammlung, welche not tat in den Jahren, die nun folgen sollten. Denn Baudelaire ging sogleich daran, sein Leben einzurichten wie einer, der fortan nur dem Einen zu leben gedenkt: Schaffen, Kunst, Ruhm. Die gefährliche, zweideutige, abschüssige Existenz des Schriftstellers in Paris wurde der Plan, über den er seine gemessenen Gesten trug. Man trifft sich in Kaffeehäusern, sitzt in Redaktionsstuben, spricht über die Ereignisse der Literatur, spricht gut und schlecht über die Mitlebenden, stürzt klassische Reputationen, erhebt Verschollene auf die frei gewordenen Postamente; es wird überaus viel geschwätzt. Aber in dem Essay über Gautier ist vom Schriftsteller gesagt: »Théophile G. est

---

[1] Stefan George.

J'écrivain par excellence: parce qu'il est l'esclave de son devoir,
parce qu'il obéit sans cesse aux nécessités de sa fonction, parce que
le goût du Beau est pour lui un fatum, parce qu'il a fait de son devoir une idéefixe.« Es ist nicht die Sprache des Schriftstellers aus
den Redaktionsstuben, Kaffeehäusern, Konventikeln. Fatum – fixe
Idee, die Schönheit, die solche Namen führt, gleicht dem Vampyr
auf ein Haar, das Los dessen, der ihr dient, dem das Sisyphus. Gewiß kennt der Künstler nur die Eine Schönheit zutiefst, wie ein Pol
ruht sie, fest und unverrückbar in seinem Innern, und mit heimli-
chem Magnetismus regiert dieser Pol das ganze, wie Wellenspiel
bewegte Leben des Künstlers – –

»Je trône dans l'azur comme un sphinx incompris ...«

zwischen ihr und dem Künstler aber breitet sich das Wirrsal dieses Lebens aus. Alles was es an Wechselfällen enthalten wird, was
die Sehnsucht schüren und verdecken wird, Freundschaft und Verachtung, Heiterkeit und Sorge, Kraft und Mühe, Wollust und Haß,
alles wird Schleier um Schleier breiten zwischen die »Sphinx« und
den irdischen Menschen. Sein Verhängnis ist: er muß sie suchen,
das Wirrsal durchdringen, durch alle Hüllen die ewige Form im
Auge haben, mag noch so Trübes sich dem Blicke bieten. Senkt sich
ein schlimmes Leben zu tief, zu schwer auf ihn herab, können sich
seine Sinne wohl verdüstern, so daß er der Schönheit, dem Gesetz
das er selbst, sein Herz, seine Nerven, sich gab, die grausigen Um-
risse des Unbegreiflichen, Drohenden, Übernatürlichen, Fatums
verleiht.

»Tu marches sur des morts, Beauté, dont tu te moques,
»De tes bijoux l'Horreur n'est pas le moins charmant,
»Et le meurtre, parmi tes plus cheres breloques
»Sur son ventre orgueilleux danse amoureusement.«

Ein Stürzen und Emporstreben wie im sonderbaren Reich des
Traumes kann sein Leben ausfüllen, so daß kein anderes Geschehen
mehr Raum findet in diesem Leben. Und während tief unten der
Mensch vergeht, ingrimmig die Augen festzusaugen an Glanz und
Reinheit der Höhe, das ist's, was Größe und Verdammnis des
Künstlers ausmacht. Zog er anfangs aus, um in allen Formen des

Schönen, die ihm begegnen, das Glück zu suchen, die Harmonie, lehrt ihn die Unbarmherzigkeit gegen alles Unvollkommene seiner eigenen Unzulänglichkeiten inne zu werden; dann kann er bald soweit gelangt sein, sich ein dauerndes Bild der Schönheit aus den Elementen seiner Leiden zu formen, und damit ein für allemal dem Frieden dieser Welt zu entsagen. Aus Spleen und Ideal schweißt sich eine Seite der »Fusées« zusammen, sie zeigt den Menschen gebrochen, nackend, nach dem Sündenfall, dem Versagen der Welt und dem eigenen Versagen vor der ungemessenen Begierde nach Vollkommenheit; aber aus dem Paradies ist ein Tal voll Steinen und Disteln geworden. »J'ai trouvé la définition du Beau, de mon Beau. C'est quelque chose d'ardent et de triste, quelque chose d'un peu vague, laissant carrière à la conjecture ... Une tête séduisante et belle, une tête de femme, veux-je dire, c'est une tête, qui fait rêver à la fois, mais d'une manière confuse, de volupté et de tristesse; qui comporte une idée de mélancolie, de lassitude, même de satiété, – soit une idée contraire, c'est á dire une ardeur, un désir de vivre, associés avec une amertume refluante, comme venant de privation ou de désespérance. Le mystère, le regret sont aussi des caractères du Beau. Une belle tête d'homme ... contiendra aussi quelque chose d'ardent et triste, des besoins spirituels, des ambitions ténébreusement refoulées, l'idée d'une puissance grondante et sans emploi, quelquefois l'idée d'une insensibilité vengeresse (car le type idéal du dandy n'est pas a négliger dans ce sujet) quelquefois aussi, – et c'est l'un des caractères de beauté les plus intéressants – le mystère et enfin (pour que j'aie le courage d'avouer jusqu' à quel point je me sens moderne en esthétique,) le malheur. – Je ne prétends pas que la Joie ne puisse pas s'associer avec la Beauté, mais je dis que la Joie est un des ornements les plus vulgaires, tandis que la Mélancolie en est pour ainsi dire l'illustre compagne, à ce point, que je ne conçois guère (mon cerveau serait-il un miroir ensorcelé?) un type de Beauté, ou il n'y ait du Malheur.« Im kleinen schwarzen Haus der Ile St. Louis, in der Alchimistenküche des Leidens, verwandelte sich »Gold in Eisen, Paradies in Höllenspuk«.

BAUDELAIRE

Croquis von Manet zur „Musique aux Tuileries"

Harmonie, nach ihr durchstreifte Baudelaire die weiten Gebiete
der Künste, zumal seiner eigenen Zeit. Der vom Vater ererbte Sinn,
seine Liebe für die Farbe, durch die Indienreise bis zu schmerzhaf-
ter Intensität gesteigert, spornten ihn zur kritischen Betrachtung der
Werke an, Unterhaltungen mit befreundeten Malern, Deroy,
Boissard, weckten das Verlangen, durch das laute Wort mitzuhelfen
bei der Entwicklung des Geschmackes, die Augen zu öffnen den

Künstlern, vor allem diesen aber auch dem Publikum.[2] Vieles Erfreuliche war in der Malerei, der Skulptur jener Tage nicht zu erforschen: die flaue Farbe der Ingresschule, die kaltausgeklügelte Pose der Nachfolger Davids mußten dem nach Farbe Dürstenden, nach leidenschaftsdurchwachsenen Ausdruck Begierigen zur harten Qual gereichen. Es war die Zeit vor Barbizon, Manet, Carpeaux; Horace Vernet, Baudelaires bête noire und die Fadaisen Scheffers besaßen den Beifall der Menge. Es war aber auch die Zeit von Eugene Delacroix. Ihm wandte sich Baudelaires ganze Liebe und Bewunderung zu. Der tiefdüstere Grundton seiner Bilder wie seiner Lebensanschauung, in dem mächtige Koloristik und wilde Energie der Geste zusammengehalten ist, erinnerte Baudelaire an seine Lieblinge, die Spanier des Louvre und Delacroix' Vorliebe für grausam erschütternde Szenen, die Glorifikation des Leidens, »hymnes terribles composes en l'honneur de la fatalité et de l'irrémédiable douleur« gewannen ihm Baudelaires verwandtes Herz, das sich mitglühendem Enthusiasmus diesem Genie ergab. Denn Baudelaire war in seinem kritischen Wirken hauptsächlich Enthusiast. Enthusiasmus ist Aktion, der Lyriker, der in der Kritik sein Komplement fand, kann nur Enthusiast sein. In Baudelaires Enthusiasmus verrät sich der Dandy als ein Mensch, der suchend, wie ratlos, seinen Überschuß an Wärme an den Mann zu bringen strebt, sich mit des Gebens schmerzlicher Wollust betäubt. Von ihr überströmen die Essays über Gautier, Poe, Wagner, Guys, sie ist es, die sich in einer projektierten Widmung der »Fleurs du mal« mit einer Selbsterniedrigung verbindet, welche Gautier voll Scham und Rührung von sich wies.

---

[2] Wie er bei diesem Unterfangen den Ton zu treffen wußte, zeigt die exquisite Apostrophe des Bourgeois in der Vorrede zur Broschüre über den Salon 1846: »Vous pouvez vivre trois jours sans pain, – sans poésie jamais ... vous êtes les amis naturels des arts, parce que vous êtes, les uns riches, les autres savants ...« hierauf werden mit ernsthafter Ehrerbietung dem »Protektor der schönen Künste« die Tore seiner Domäne erschlossen.

PARNASS

Wie Baudelaire sich zu den eben erwähnten großen Erscheinungen einer heraufkommenden Welt der Kunst verhielt, soll später
berührt werden, hier sei nur verzeichnet, daß er durch sein eindrin-
gendes Verstehen aller Zauber der Farbe und des Lichtes dem Plei-
nair und dem Impressionismus die Wege bereitete und auf diesen
Wegen als Erster Manet, Whistler, Yongkind begrüßen durfte. Das
Büchlein vom Salon 1846 enthält prophetische Sätze über den har-
monisierenden Wert der Atmosphäre, die Melodien im Spiele des
Lichts, das die Konturen auflöst, und sehr fein werden hier später
allgemein anerkannte Theorien aus Erscheinungen der Natur, Effekten des Himmels, dem Spiel der Adern unter der zarten Haut einer
Frauenhand abgeleitet.

In den »Fleurs«, noch mehr vielleicht in den »Petits poêmes en
prose« hat dies Verstehen der Wirkungen von Licht und Schatten,
von den Valeurs, wie in der Malersprache die Wechselstellung heller und verschwindender, gleichwertiger und komplementärer

Töne geheißen ist, die Vokale und Konsonanten gemischt, und der Sinn der Worte ist zuweilen von einer unterirdischen Musik begleitet, welche dort in die Tiefe taucht, wo die Macht des Wortes aufgehört hat. Es finden sich Sätze, Strophen von einer Intensität des melodischen Ausdrucks, die an die sonore Polyphonie Beethovenscher Sonatensätze, an die wilde Schmerzzerrissenheit der »fantastischen Symphonie« Berlioz' gemahnen und über deren dunklem Gewebe übersinnliche Lichter spielen, wie auf gewissen Gemälden Rembrandts; Zeilen wie diese:

>»Désormais tu n'es plus, ô matière vivante!
>Qu'un granit entouré d'une vague épouvante,
>Assoupi dans Je fond d'un Saharah brumeux!«

brodelnder, magischer Dünste voll, Zeilen wie:

>»Le violon frémit comme un coeur qu' on afflige,
>Un coeur tendre, qui hait Je néant vaste et noir!«

ein farbigerer Corot.[3] [EndFootnote]

Diese mächtige Gabe verleitet Baudelaire doch niemals zu den ins vag Musikalische sich verlierenden Spielen mit dem Wort. Die straffe Epidermis der Form ist geschwellt durch Bilder und Begriffe, welche plastisch und streng an ihrem Platze stehen wie an einem anatomisch vollendeten Körper. Aus der Seele des Kunstwerks selbst strahlen sie hervor und füllen die Form aus, Eins geworden mit ihrem Ausdruck leben sie ihr blutvolles Leben mit tönenden

---

[3] Die herrliche Verdeutschung dieser Zeilen durch Stefan George lautet:

»Nun bist du weiter nichts – o staub mit leben –
Als ein granit mit schreckenshauch umgeben
In tiefer wüsten nebeldunst versenkt.« und:

»Die geige erbebt wie ein herz das die leiden besiegen,
Ein zartes herz das erschrickt vor der gähnenden kluft.«

In diesem meisterlichen Werke (Baudelaire: Die Blumen des Bösen. Umdichtungen von Stefan George. Georg Bondi, Berlin 1901) ist der deutschen Dichtung einer ihrer köstlichsten Schätze geschenkt worden.

Pulsen fort. Die schonungslose Versenkung in die Welt der eigenen Lüste und Schmerzen fördert eine Aufrichtigkeit des Schauens und Anschaulichmachens zutage, die das Wort zu einer fast mythischen Bedeutung emporhebt. »Il y a dans le mot, dans le *verbe*, quelque chose de *sacré*, qui nous défend d'en faire un jeu de hasard. Manier savamment une langue, c'est pratiquer une espèce de sorcellerie évocatoire.« Baudelaire gesteht, daß in frühen Jahren, bei der Lektüre eines oder des anderen Werkes von Theo Gautier, ein besonders reiches Wort, la Sensation de la touche posée juste, du coup porté droit, in ihm eine nervöse Konvulsion hervorrief, in sublimer Weise direkt an die Quelle des Lebens rührte; kann somit die Selbstherrlichkeit, aber auch das ganze Schicksal des Künstlers in eine wuchtigere Formel gebracht sein als diese, von Gautier aufgestellte, die Baudelaire zur seinen machte: »L'inexprimable n'existe pas.«

Die Herrschaft über das Wort, große Freundin und Verbündete, in glücklichen Stunden des Überschwangs schwingt sie in jedem brausenden Blutstropfen mit, in kalten, bedrückten mag sie nach langer Not nahen, hilft dann, das verstörte Gemüt in eine schöne Vergessenheit versenken. Baudelaire kannte wie wenige die Qual der toten Tage, in denen sich der Wille aufbäumt vor dem Schweigen des Herzens; schon die liturgischen Worte, die er für den Prozeß des Schaffens fand, lassen die Tiefe des Versagens erkennen. Wie ein gedrungener Quadernbau mutet das Buch der Fleurs an, von der Kraft des Lebens, das ihn aufrichtete, darf kein Quentchen als vergeudet erscheinen, aber es war die Zeit der großen Arbeiter, Hugo, Balzac, Gautier, Baudelaire lebte in ihrer Gemeinschaft, wir wissen von Ratschlägen, die sie ihm für sein Schaffen gaben, und er hat Pläne entworfen für Romane, Novellen, Dramen, die nie ausgeführt worden sind, obzwar er zu Zeiten umherlief, toll vor Begierde, zu arbeiten, zu übertäuben ...

Eine der vornehmlichsten Aufgaben des Dandy bestand darin, die Inspiration als eine Dienerin, willige, fügsame und unterjochte Maitresse darzustellen, die im Nebenzimmer auf den Wink ihres Gebieters harrt, den Dichter selbst etwa als einen jungen, kräftigen Zuhälter, der die Muse, sein Ding, bei den Haaren faßt, umreißt, auf die Knie zwingt. (Sonett an Banville.) In späteren Jahren ruft er klagend: »de 1842 à 1858, seize ans de fainéantisme«! Doch stehen in den »conseils aux jeunes littérateurs«, einem Elaborat, in dem Mephisto im Mantel Fausts erscheint, diese Sätze: »L'inspiration est décidément la soeur du travail journalier ... L'inspiration obéit, comme la faim, comme la digestion, comme le sommeil. Il-y-a sans doute dans l'esprit une espèce de mécanique céleste, dont il ne faut pas être honteux, mais tirer le parti le plus glorieux, comme les médecins de la mécanique du corps.« In gleicherweise wird Poes groteske Anleitung zur Abfassung eines Poems mit mathematischer Vorausberechnung des Effektes (Essay vor den Gedichten, Orig. Ausg.; das Gedicht selbst ist: the raven) ernsthaften Betrachtungen unterzogen; gelegentlich wird die Badine ganz beiseite gelegt und es muß die Narrenpritsche herhalten, so soll (in der projektierten Vorrede zur 2. Ausgabe der »Fleurs«) eine Methode dargestellt werden, die es jedermann ermöglicht, in 20 Lektionen die Elemente des Dichtenkönnens sich anzueignen; »je me propose, pour vérifier de nouveau l'excellence de ma méthode, de l'appliquer prochainement à la célébration des jouissances de la dévotion et des ivresses de la gloire militaire, bien que je ne les aie jamais connues« – die Schlußpirouette stellt den Menschen wieder auf die Füße, dem der Boden gewaltsam weggerissen wird (es ist unmittelbar nach der schimpflichen Verurteilung Baudelaires im Prozeß gegen die »Fleurs du mal«).

In der Novelle »La Fanfarlo« hat Baudelaire ein sehr schmerzhaft echtes, unerbittlich scharf gesehenes Portrait des Dichters und Dandy Baudelaire gezeichnet; der Romantiker Samuel Cramer ist: »un grand fainéant, un ambitieux triste, un illustre malheureux ... l'homme des belles oeuvres ratées, Dieu de l'impuissance, Dieu moderne, colossale et hermaphrodite ... fécond en desseins difficiles et risibles avortements, esprit chez qui le paradoxe prenait souvent les proportions de la naïveté et dont l'imagination était aussi vaste que la solitude et la paresse absolues.« Sucht man in den intimen Tagebüchern nach Bekenntnissen ähnlicher Offenherzigkeit, so schlägt einem an ihrer Stelle schlechtverhohlene Ironie, hochmütige Unaufrichtigkeit entgegen, eine falsche Überlegenheit, die sich mit zitternden Lippen Mut zuspricht – in diesen Blättern ist die Maske des Dandy dem Menschen zugekehrt, der sie trägt, es ist die bitterste Form des Dandysmus, die der Dandy gegen sich selbst anwendet, wenn er am Ende des Tagewerks, im »examen de minuit« einsehen muß, daß er selbst die Forderung nicht zu erfüllen vermag, die er ans »Draußen« vergeblich stellt. Dieselbe triste Erklärung bleibt auch für die befremdliche Sorglosigkeit übrig, mit der Baudelaire bei der Wahl seines Umgangs verfuhr, denn es muß gesagt sein, daß er sich aus den Vorhallen des Tempels, von den Genossen des Kultes, zuweilen recht weit entfernen konnte; hieß es dann auch: »beaucoup d'amis, beaucoup de gants«! oder: »certains esprits solitaires au milieu de la foule, et qui se repaissent dans le monologue n'ont que faire de la délicatesse en matière de public. C'est en somme une fraternité basée sur le mépris« – so will's scheinen, als spräche sich in diesen Tiraden weniger der Mensch aus, dessen Leben die wechselnden Spiele der Sympathien und Antipathien weder Glück noch Kummer zu leihen vermögen, als einer, der seine Lust gefunden hat in einer Art gelegentlicher Deklassierung, der Pein und dem Vergnügen des durch Zweifel schwach gewordenen. –

Hier mag eine Seite angefügt werden, handelnd von der seltsamen Trunkenheit, die sich Baudelaires 1848 bemächtigte. Wie in jedem Künstler, dessen Heroismus auf verborgenerem Felde seine Schlachten schlägt, erregte die große demokratische Bewegung bloß seine Nerven, durch die Möglichkeit, mit einer singenden Menge zu ziehn, ein fremdes Weib unterzufassen, sich von der Krapüle dutzen zu lassen, bischen zu plündern. Und wenn Baudelaire, in der Bluse und mit Lackschuhen angetan, den Leuten seine wohlgepflegten feinen Hände entgegenstreckte, um sich durch ihren Pulvergeruch zu legitimieren, war er – den ein wild vorbeiziehender Haufe wohl schwerer aus dem Gleichgewicht werfen mochte als der Anblick einer schönen, unbekannten Frau, die an Tortonis Terasse vorüberging – gewiß nicht minder aufrichtig, als wenn er verkündete: »je comprends, qu'on dèserte une cause pour savoir ce qu'on éprouvera à en servir une autre«; übrigens war sein erster Gedanke beim Ausräumen eines Gewehrladens, sich mit einer schönen, blitzendneuen Flinte an die Spitze hergelaufenen Volks zu setzen: pour fusiller le général Aupick!!

Vainement
Bien en vain ma raison réclamait son empire;
Le délire, en jouant déroutait ses efforts,
Et mon âme dansait, dansait, comme un navire
Sans mâts, sur une mer noire, énorme et sans bords.

Bien en vain ma raison voulait prendre la barre,
La tempête en jouant, déroutait ses efforts,
Et mon âme dansait, dansait, pauvre gabarre
Sans mâts, sur une mer noire, énorme et
                                        sans bords

Sandz ly différentes versions. Je ferai la bonne chez vous.
                    Ch. Baudelaire

AUTOGRAPHIE UND ZEICHNUNG VON BAUDELAIRE
zu: Les sept vieillards

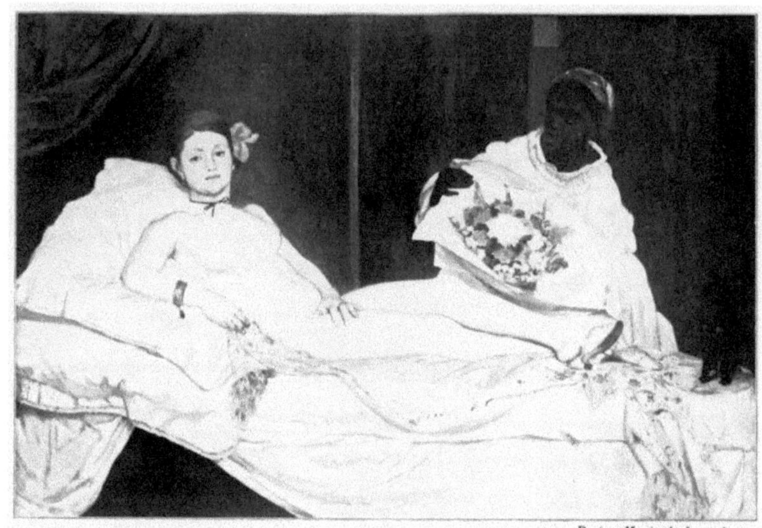

Paris: Musée du Luxembourg

Manet
Olympia

Woran dieses Leben krankte, liegt so recht zu Tage in der Geschichte von den beiden Frauen, die Baudelaires Genius befruchtet haben. Lange Jahre lebte Jeanne Duval an seiner Seite, eine Mulattin, ein Geschöpf aus den mittleren Schichten der Prostitution, nicht schön, nicht klug, ohne Grazie, aber voll einer schweren, traumhaften Seltsamkeit. Freunde Baudelaires erinnern sich ihrer, wie sie stundenlang, mitten im Feuer der Diskourse, dem rhythmischen Geflute der Rezitationen, stumpf, ohne sich zu regen, in fast tierischer Teilnahmslosigkeit im Fauteuil beim Feuer kauerte. Diesen Körper, der besungen wurde wie kaum ein Frauenkörper außer ihm, schildern sie als hager, flach, verbraucht, ohne besondern Reiz, den Gang, den Baudelaire dem harmonischen Rollen eines schön bewegten Schiffes vergleicht, als schwerfällig, unschön;

das Gesicht unbeseelt, die Haare, aus deren Fülle ihm verwehte Düfte der Tropen entgegenströmten, wirr und negerhaft gekraust. War's dieser Körper, den er so liebte, oder das Entzücken, einst genossen, das wiedererobert werden konnte aus diesem Körper, oder die Seele, die in diesem Körper schlummern mochte? Um ihn zu preisen, gebraucht Baudelaire Bilder, die nur gewartet zu haben scheinen auf Erweckung, schließt er die Augen, wiegt ihn die Brandung des Ozeans ein, tönt von den Inseln herüber die schrille und dumpfe Musik der Eingeborenen, eingehüllt in die aromatische Brise der Tamarinden und Kokoswälder. Mutter der Erinnerungen ist ihm Jeanne, Hüterin des Schatzes; er bemerkt es gar nicht, daß es seine Schätze sind, unter deren Pracht sie ihre passive Indolenz dahinträgt. Schon im gespielten Stolz der gewitzigten Dirne, die erst nach berechnetem Zögern sich ihm gibt, ist Erhöhung für ihn verborgen, Inspiration; »la douceur du foyer« vollends im depravierenden Zusammenleben mit diesem Weibe, das seine tiefe Angst, in Stunden die er kennt, allein bleiben zu müssen mit sich, ausbeutet um alle Laster ihrer Race und ihres Standes schamlos pflegen zu können. Bald starren die Augen, aus denen ein Dichter der Erde seine Ekstasen schöpfte, in der Verglasung des schweren Branntweinrausches, die Glieder, deren umwindende Geschmeidigkeit die erschlaffenden Begierden zu neuer Erfüllung stacheln sollten, erlahmen von den Giften der niedersten Trunksucht. Mit Tränen in den Augen schreibt Baudelaire von der elenden, unrettbarem Siechtum Verfallenen, die sich im Hospital durch Lügen und Diebstahl eine volle Flasche zu ergattern sucht, und verzweifelt, feig – und voll ängstlicher, dankbarer Liebe nimmt er die Gelähmte wieder zu sich, diese schrecklichste Form, die sein Schicksal angenommen hat, reibt sich auf, um Geld zu schaffen und ist froh, wenn er am Abend in seinem schlechten Hotelzimmer dem gealterten, häßlichen und elenden Geschöpf gegenüber sitzen, ihre Hand halten, ihr Kleid in gefällige Falten raffen kann, Koketterie eines Kadavers.

Und in diese tiefste Misere kehrt er zurück, wenn er Stunden zuvor in einem hellen, kostbaren, von allen Geistern der Lebensfreude erfüllten Raum das Walten einer schönen, heiteren, geistvollen Frau empfunden hat, bevorzugt und erkoren aus einem Schwarm von Männern, die das Erlesenste vorstellen, was die Gesellschaft jener Zeit aufzubieten hat. Mme. Sabatier ist nach Berichten Gautier's,

Sainte-Beuves, der Goncourts eine jener Frauen, wie sie nur das geniale Leben der Welthauptstadt hervorzubringen versteht. Die Eitelkeit eines jüdischen Geldfürsten, die sie erduldet, schafft ihr den unerläßlichen Glanz, in dessen Mitte sie nun thronen darf, umgeben von einem fast legendären Nimbus, von so vieler stummen Anbetung der Besten umgeben. Vom ersten Anblick ist Baudelaire verstrickt; Mme. Sabatiers unerschütterliche Heiterkeit erfüllt ihn mit einer grollgemengten Trauer, die die Liebe schürt, mit sehnsüchtiger Bewunderung, denn durch diese Heiterkeit schimmert ihm aus göttlicher Ferne jenes große, unerreichbare Bild der Schönheit entgegen. Voll ehrfürchtiger Liebe naht er ihr, sie sucht seine Nähe, vermag ihm schweigend, lächelnd in die Augen zu sehen. Einmal, nach einem Fest, darf er die schöne, strahlende Frau in ihr Heim begleiten. Und während sie auf dem Balkon in der hellen, flimmernden Nacht beisammen stehn, bricht aus der Ewigheiteren eine tiefe, empörte Klage hervor, der Notschrei einer todmüden Seele, die einen Augenblick ihre Maske sinken läßt – und deren Antlitz vom selben namenlosen Gram gefurcht erscheint, der in die Züge der Welt gegraben ist. Und in der Erkenntnis des gemeinsamen Schmerzes am Leben nähern und nähern sich die beiden Seelen, schlagen ineinander, aus ihrer Berührung schießt die Begierde hervor, die Begierde schafft sich Erfüllung, und die beiden Seelen fahren, wie erschrocken, auseinander, bleiben im Bewußtsein ihrer Schuld, mit der Erkenntnis des Unwiederbringlichen, ferne, ferne voneinander stehn, betrachten sich durch den Raum, erstaunt, betroffen. Hatte der Liebhaber Jeannes diesen Körper gesucht, indem er den Weg durch diese Seele nahm?

Nicht aus den Frauen, die sein Leben hier vorfindet, sucht der Dichter das Wesen heraus, das seine Ergänzung wäre; Gott allein weiß es, welcher unirdischen Versprechungen Erfüllung er vom Wesen fordert, das sein Drang ihm weist. Mag es noch so vollkommen sein: der sterbliche Stoff, aus dem es geformt ist, wird dem Liebenden zur ewigen Quelle der Qual gereichen. Die Unmöglichkeit, daß zwei Menschen, und begegneten sie sich im Traum, einander durchdringen, ineinander aufgehn, vernichtet zugleich den Glauben an Liebe und an den Menschen. Nicht mehr das Leben ist das Positive, sondern was vom Leben erlöst, loskauft; nicht die Liebe, sondern die Wollust; nicht das Weib, der warme, wärmespendende Mensch, sondern das grausige, rätselhafte Instrument:»machine aveugle et sourde, en cruautés féconde, salutaire instrument, buveur du sang du monde« – der Vampyr Schönheit in seiner andern Gestalt.

In den »fleurs du mal« ist das unerreichbare Bild, das die Züge Madame Sabatiers angenommen hat, von einem Ton umflossen, der hell ist, hoch und ruhig, froh und schön. Immer wieder erhebt sich ein Ruf reinen, schwärmerischen Entzückens zur fast immateriellen Vision, dem »Schutzengel, Engel voll Heiterkeit, Güte, Schönheit, Klarheit, Gesundheit, Glück und Lust, der Muse, der Madonna«. Ein De profundis wird es, denn je tiefer er sich in die Abgründe der Wollust zurücksinken fühlt, umso höher und heller entschwebt das Blau des ewigen Firmaments über seinem Haupt. Nun ist es nicht mehr Erinnerung, noch Vergessen, was er bei Jeanne sucht, nicht Erweckung, sondern Absterben, ein tiefes, purpurnes Vergehen, tötliches Fallen ins Bodenlose; es ist die Manie des Selbstmords, die ihn immer wieder zurücktreibt zu seinem Verderben. Die Wollust ist gemengt mit dem Grausen des Todes, die Umarmungen gleichen dem blindgrimmigen Aufeinanderschlagen zweier Geharnischten, das grünliche Licht der Verwesung phosphoresziert über dem Lager, drauf der Kampf der Geschlechter zwei Seelen verdirbt.

>   »Je m'avance à l'attaque et je grimpe à l'assaut,
>   »Comme après un cadavre un choeur de vermisseaux.«

Die Vorstellung des Kadavers kehrt häufig wieder in diesen Dichtungen, in denen sich die Erotik mählich zu einem schweren vergifteten Mystizismus wandelt. Ist erst die Wollust als das Idol erkannt, dann erscheint der Mensch, die Maschine, von deren Energie es sich wie von Menschenopfern nährt, unter den Zügen der Dekomposition, Auflösung. Wie die primitiven Naturvölker, zimmert sich hier ein höchstentwickelter Geist die Requisiten religiösen Kultes zurecht, dem grausamen, unbegreiflichen Idol zu dienen; in dem unheiligen Tempel, darin Satan über dem Altar thront, die Brunst sich zur Inbrunst kehrt, sind die Attribute der seit Kindheit vergessenen Religiosität dargestellt – jedoch es wäre verkehrt, wollte man in solcher ostentativen Benutzung der liturgischen Formeln für die Lobpreisungen der Todsünde mehr erblicken als einen rhetorischen

Behelf. Der mittelalterliche Mönch, der aus einem Übermaß der Anbetung der Madonna obscöne Worte zwischen die »turris e- burnea«, die »rosa mystica« flicht, der Priester, der sich den Namen des Heilands in die Sohle ritzt, eh er zur schwarzen Messe geht – sie haben nichts gemein mit dem Dichter, diesem Unheiligsten, der um das Linsengericht eines schönen Wortes seine Seele verrät, der – obzwar in ihm wie in keinem andern Geschöpf das Ewige lebendig ausgesprochen ist, in »Gott« und »Teufel« weiter nichts erkennen wird als zwei mächtige Metaphern.

Zum Preis der Wollust, des Loskaufenden, vom Leben Erlösen- den, des großen Befreiers, dem weder Rausch, Arbeit, Traum noch Glück ebenbürtig sind, nur der Tod, sind niemals Strophen gesun- gen worden wie diese:

> »La femme, esclave vile, orgueilleuse et stupide,
> Sans rire s'adorant et s'aimant sans dégoût;
> L'homme, tyran goulu, paillard dur et cupide,
> Esclave de l'esclave et ruisseau dans l'égout.«

Dem Buche Asselineaus ist ein kostbares Porträt Baudelaires bei- geheftet: es zeigt einen feinen, katzenartigen Kopf mit schmalen, ein wenig verzerrten Lippen, und einem Paar funkelnder Augen, wel- che niederblicken. An dem Schädel kleben kurze, schwarze, seidig- weiche Haare, ein kleiner Schnurrbart verdeckt die Mundwinkel nicht ganz; keine Schilderung wird die Blässe wiedergeben können, die über diesem Gesichte wohl gelegen hat, dem Gesicht des hom- me voluptueux, Fanatikers der Nirwana. Alle Fähigkeiten des Or- ganismus sind diesem Zwecke entgegen gesteigert; alle Sinne sind von einer Empfindlichkeit für Wohlgerüche beherrscht, die nur noch etwa in jener fürs »Wort« ihres gleichen hat; eine Begierde der Augen macht sich alle Reizungen der subtilen Kontraste dienstbar, setzt Schminke auf rote Wangen, Kohlenstriche unter umränderte Lider, das kalte Geblitz der Geschmeide aufs kühle, schimmernde Fleisch, läßt nichts unversucht, was die Natur erhöhen, das Ziel der Begierde höher pressen, den Scheiterhaufen höher emporbauen, den irdischen Menschen weiter fortreißen könnte, ab von der Wirk- lichkeit. Die Grausamkeit, die auf dem Grunde der Wollust lauert, der Hang Böses zu tun, an Schmerzen sich zu weiden, die böse Be-

sessenheit überhitzt die Phantasie zuweilen bis zum Grade eines
Rausches, in dem die Lust sich in Rachlust verkehrt, der Liebende
Henker und Opfer zugleich wird, der Mensch sich des Menschlichen begibt, weil das Ziel so unerhört hoch emporgeschossen ist,
daß er daran verzweifeln muß, es als Mensch, noch als Mensch
erreichen, halten zu können. »Une martyre«:

>>L'homme vindicatif que tu n'as pu, vivante,
Malgré tant d'amour, assouvir,
Combla-t-il sur ta chair inerte et complaisante
L'immensité de son désir?«

Die folgenden Zeilen des Gedichtes »à celle qui est trop gaie« in
dessen Titel schon die Liebe, die sich zur Drohung wandelt, (es ist
an Mme. Sabatier gerichtet), die Anbetung in einen düsteren Qualm
umzuschlagen scheint:

>>Ainsi je voudrais une nuit,
Quand l'heure des voluptés sonne,
Vers les trésors de ta personne
Comme un lâche, ramper sans bruit.

Pour châtier ta chair joyeuse,
Pour meurtrir ton sein pardonné,
Et faire à ton flanc étonné
Une blessure large et creuse.

Et vertigineuse douceur!
A travers ces lèvres nouvelles,
Plus éclatantes et plus belles,
T'infuser mon venin, ma soeur!«

Mag der Philosoph die Quelle des Übels im Eignen, der Konstitu-
tion seines Ichs erkennen, das er durchschaut, die Lyrik lebt von der
Anbetung und Anklage der äußeren Kräfte, welche das Ich erheben,
zerschmettern. Nicht allein den seltsamen Selbsterhaltungstheorien
des Dandy entspringen die verwegenen Maximen der Tagebücher,
der Conseils und mancher analogen Stellen des Essay über Constan-
tin Guys etc., in denen cynischer Hohn das Problem »Weib« auf

eine gar einfache Formel bringt. Die rasende, schmerzhafte An-
spannung aller Kräfte Körpers und der Seele, um den Willen zur
Erlösung, zur Nirwana durchzusetzen gegen die törichte grausame
Gleichmütigkeit des Versagens, an der er so oft scheitern muß, sie
löst eine gehässige Verachtung für die Frau aus, ziemlich ähnlich
jener andern für die Inspiration, ihre Schwesterform. Demnach ist
das Weib schlecht, niedrig und abjekt »– le contraire du dandy,
donc elle doit faire horreur. La femme a faim et elle veut manger,
elle a soif, et elle voit boire. Elle est en rut, et elle veut être ... Le beau
mérite! Elle est naturelle, c'est à dire abominable.« Demnach gibt es
für den Schriftsteller nur zwei Arten von Frauen – die Hure und die
Haushälterin, und wenn auch zugegeben wird, daß eine Leiden-
schaft für ein höher entwickeltes Geschöpf des Geschlechtes denk-
bar sei, heißt es doch (Fusées VI): »Nous aimons les femmes à pro-
portion qu' elles nous sont plus étrangères. Aimer les femmes intel-
ligentes est un plaisir de pédéraste.«

Le possédé

Le Soleil s'est couvert d'un crêpe, Comme lui,
Ô Soleil de mon âme, emmitoufle-toi d'ombre;
Dors ou fume, à ton gré; Sois muette, sois sombre,
Et plonge tout entière au gouffre de l'Ennui;

Je t'aime ainsi! Pourtant Si tu veux, aujourd'hui,
Comme un astre éclipsé d'une
                    qui sort de la pénombre,
Et pavaner aux lieux que la Folie encombre,
C'est bien! Charmant poignard, jaillis de ton étui!

Allume ta prunelle à la flamme des lustres;
Allume le désir dans les regards des rustres;
Tout de toi m'est plaisir morbide ou pétulant;

Sois ce que tu voudras, nuit noire, rouge aurore,
Il n'est pas une fibre en tout mon corps tremblant
Qui ne crie: ô mon cher Belzébuth, je t'adore!

Charles Baudelaire

Imprimez-moi cela
(sans faute)
dans votre journal.

Je commence à croire
qu'au lieu de six fleurs!
J'en ferai vingt.

EIN MANUSCRIPT VON BAUDELAIRE

Das furchtbare des Älterwerdens liegt darin begründet: Gefahren und Lüste erweisen sich geringfügiger als man sie eingeschätzt hat, und geringfügige Widrigkeiten recken sich zu einer Höhe, die ihnen nicht zukommt; das Nachlassen der gewaltigen Geräusche verhilft den unwesentlichen zu peinlicher Gewalt. Weil das Gute, das man sich wünschte, nimmer eintreffen mochte, ruft ein letzter müder Wunsch das Schlimme herbei, es trifft unfehlbar ein. Sollen hier all die äußeren Schickungen aufgezählt werden, die um die Lebenswende sich einstellten, Tag und Nacht zu verbittern? Ihr Erdulden, ihre Bekämpfung verrichtete das nämliche Werk. Um »den Wurm zu töten, der nicht sterben will«, langt die Hand krampfhaft nach der Fiole, dem Dawamesk; Haschisch, Opium heben die Schwerkraft für Augenblicke auf, lösen leise, ohne Klirren, ohne die verwundeten Gelenke zu reizen, die Ketten; der tiefen Betäubung folgt ein tieferes Erschrecken, wenn die Augen sich öffnen und nach den übersinnlichen Sonnen das graue Licht, das durch schmutzige Fensterscheiben sickert, das Auge beleidigt. Der ganze Willen strömt zusammen, es gilt sich aufzuraffen aus der Lähmung; wozu? Der Mann mit dem Schuldschein pocht an die Türe. Entrinnen! Die Angst jagt durch die Gassen; das aufgeregte Herz pocht, als sollte Schönheit geboren werden, aber das Blut ahmt nur das Pochen daheim an der Türe nach. Gehetzt, auf der Flucht vor niedrigen, quälenden Ängsten arbeitet das Gehirn fieberhaft; das Theater ist der Ort, an dem Geld verdient wird, Pläne um Pläne werden entworfen; das Szenarium eines Dramas: »Le Marquis des 1 er Houzards« ist fertiggestellt, es bestätigt den Ausspruch Baudelaires, daß das Theater für ihn von Kindheit an nur eines Dinges wegen Reiz hatte: des Kronleuchters, des schönen, glitzernden Kronleuchters wegen! Ein andres soll einem beliebten Komödianten »auf den Leib geschrieben« werden: »L'ivrogne« ein Schauerstück im Stil des heutigen Ambigu, mit Mord, Trunksucht, sentimentalen Effekten, einer Reporternemesis – ein Lied daraus ist schon beendet, ein Lied von 12 Strophen, der Held, ein Brettschneider, wird es singen:

»Rien n'est aussi-z-aimable,
Fanfru-cancru-lon-la-lahira,
Rien n'est aussi-z-aimable
Que les scieurs de long.«

Auf der Kante eines Wirtshaustisches werden fantastische Überschläge gemacht: so viele Menschen faßt das Theater de la Gaité, gewiegte Kenner des Geschmackes der Menge prophezeien dem Werk so viele Aufführungen, der Gewinn... Mit Baudelaire zu verkehren, wird täglich schwieriger; die Bedrängnisse, in deren Mitte er lebt, die ewigen Plackereien mit den Hotelleuten, denen eine unbezahlte Rechnung das Recht zu Vertraulichkeiten gibt, das Aneinandergekettetsein mit der Mulattin, die ihrem Mangel durch Streifzüge in den Straßen abhilft, die konstante Wut, dem »General« zugekehrt, entwickeln einen Zustand der Irritation, einen Cynismus des Ausdrucks, der die Freunde bestimmt, von Baudelaire abzufallen, die Bekannten, die man nur mit Handschuhen anfassen mag, zu näherer Intimität ermutigt. Einem Selbstmordversuch, der sich in komödiantenhafter Weise abspielt, werden Motive der Erpressung unterschoben; Baudelaire erspart sich die Farce einer Kandidatur für den freigewordenen Sitz des Père Lacordaire im Institut ebensowenig wie die Demütigungen, die ihm die Bittbesuche bei den Akademikern eintragen; der Prozeß, der gegen die »Fleurs du mal« angestrengt wird und mit der Verurteilung des Dichters und seines Verlegers Poulet-Malassis endet, trägt Baudelaire wohl einige wertvolle Würdigungen ein, aber auch das Mißtrauen des Publikums, die Furcht der Redakteure, die seine Artikel nicht mehr drucken, den Haß der Kanaille. Zudem unterdrückt, durchkreuzt eine unselige, nur zu leicht erklärliche Hast fortwährend jeden Anlauf zur Arbeit, jedes schüchterne Aufkeimen der Arbeitslust. Könnte er doch seinen launigen Rat aus früheren Jahren befolgen: »à chaque lettre de créancier, écrivez 50 lignes sur un sujet extra-terrestre et vous serez sauvés!« Jetzt schreibt er in sein Tagebuch: »Perdu dans ce vilain monde, coudoyé par les foules, je suis comme un homme lassé dont l'oeil ne voit en arrière, dans les années profondes, que désabusement et amertume, et devant lui qu' un orage ou rien de neuf n'est contenu, ni enseignement, ni douleur.« Und aus solchen Momenten der stumpfen Trostlosigkeit reißt ihn plötzlich eine große, grausame, schweifende Neugierde heraus; durch Paris, das er liebt, wie der Dichter seine Vaterstadt, das er haßt, wie der Sträfling seine Galeere, durch diese wundersame Stadt, in der alle Straßen zu einem Stern führen, deren Hauch die Wange umfächeln kann wie der Atem eines geliebten Weibes, durch diese Stadt des Glanzes, der Freude, der Not und des Verbrechens führt er sein reduziertes, schäbiges Äußere herum, daraus Elend, Verzweiflung und die Lust an der Selbstzerstörung grinsen. Die Dirnen in den Tanzlokalen hält er an, um sie nach ihrem Lieblingsdichter zu befragen, und antwortet mit einer Unflätigkeit, wenn ihm erwidert wird, es sei Alfred de Musset. Bei den großen Festen, wenn alles auf den Boulevards, den Carrefours, in Licht und Musik tollt, sucht er gern die kleinen, engen Gäßchen auf, sieht nach dem einzigen, mattbeleuchteten Mansardenfenster hinauf, weiß es: dort lebt auch einer, dem das Schicksal die schwere Hand auf die Schulter gelegt hat. Absonderlichen Menschen, kaum mehr dieser Welt entsprossen, Geschöpfen aus Nacht und Wahn geboren, phantomähnlichen kleinen Greisinnen, die mit uralten, zerschlissenen Reticules am Arm vor den Militärmusiken auf den Promenaden sitzen, folgt er verstohlen, um zu sehn, wo sie bleiben, den elenden garstigen Blinden, die durch eine unwahre Welt gehen, sieht er voll Neid in die ausgeronnenen Augenhöhlen, in Bordellen, den Kneipen der Zuhälter, den letzten verschämtesten Spielhöllen, wo alte, verfallene Menschenruinen, zuckend vor Angst, Schwäche und Gier zugleich mit der kleinen Goldmünze die letzte zusammengescharrte Hoffnung aufs fettige grüne Tuch schieben, kann man ihn, bei der Tür, wie einen Bettler abseits stehn sehen, kann man die Klage aus seinen Augen lesen:

> Et mon coeur s'effraya d'envier maint pauvre homme,
> Courant avec ferveur à l'abîme béant,
> Et qui, soûl de son sang, préférerait en somme
> La douleur à la mort et l'enfer au néant!«

Diese Note macht den tiefen Reiz der »Petits poêmes en prose« aus, dieser Sammlung feinziselierter Skizzen, die ursprünglich den Namen »le Spleen de Paris« erhalten sollte. Bilder wahren und erträumten Lebens sind hier mit der ganzen Wucht des Realisten geschaut und durch einen gesteigerten rhythmischen und musikalischen Ausdruck emporgehoben zu einer Art inneren Plastik, die das Gegenständliche aufhebt und dafür die seelische Quintessenz vermittelt. Hierin unterscheiden sich diese kleinen Dichtungen auch von ihrem Vorbild, dem »Gaspard de la Nuit« des Dijoner Mystikers Bertrand, sie sind Pastelle, zu Holzschnitten gehalten, entsprechend dem lebendigeren Zeitkolorit gegenüber den starreren Umrissen einer gespenstischen Gotik. Nicht umsonst wählte Baudelaire die freiere Form für den Komplex der Stimmungen, welche den Stoffen der »Petits poêmes« zu Grunde liegen: die Melancholie, von der sie durchtränkt sind, macht ihr bestes Teil aus, und von keinem Gebot der Prägnanz beengt, kann sie sich leichter entfalten, schwebt, schillernd leicht und doch eindringlich, wie eine opalne Wolke über Realität und Traum.

Ähnliches darf von den Essays gesagt sein, in denen Baudelaire sich mit seinen Lieblingen Poe, Wagner, Quincey befaßt; der Essay, der die Übersetzungen aus Poe einleitet, der Essay über Wagner, die »Paradis artificiels« erheben sich stellenweise zu einem wehmütigen, betörenden Gesang, der die Form der Abhandlung zerbricht, aus ihr etwas Kostbareres macht, ein edles Bekenntnis, eine brüderliche Hymne. Denn Poe, Wagner, Quincey, sie bilden die wirkliche Familie Baudelaires; Gautier, Delacroix sind siegreiche Heroen, Guys der ironische Dandy, der sich in kühler Sicherheit in der zweckdienlichsten Distanz zu verhalten weiß, jene drei aber sind Unterlegene, Unterliegende, Beleidigte, Rebellen, Brüder durch das Schicksal, das ihnen die Last eines Daseins von ähnlicher Grausamkeit auferlegte.

»Ruines! ma famille! ô cerveaux congénéres!«

Aber Baudelaire findet in ihnen mehr als den Spiegel seines eigenen Schicksals. So viele feine Fäden sich von ihrem Leben zum seinen, von ihrer Artung an die seine herüberknüpfen, in ihnen findet er sich doch größer wieder, universeller, reiner, verklärt. In höherem Maße als ihm ist ihnen die göttliche Spannkraft gegeben, die hoch aus den Miasmen des beengenden Hieniedens emporreißt zu den Höhen, in denen es sich atmen läßt. Die Beschäftigung mit dem Werke dieser drei ermöglicht Baudelaire, sich mit dem Leben und den höheren Mitteln, die es zu seiner eignen Bekämpfung an die Hand gibt, auseinanderzusetzen.

Überall das gleiche Ringen mit der Feindseligkeit des Außen, der gleiche unausgesetzte Kampf mit dem unerklärlichen inneren

Feind. Das Suchen, aber auch das Finden, Ausfindigmachen des Punktes außerhalb dieser Welt, welche zu verstehen nicht möglich ist, welche zu verstehn sich's wahrscheinlich nicht verlohnt, welcher aber beizukommen ist von jenem Punkte. Bei Poe ist's der mathematische Sieg über die Materie; dieser erschafft eine Welt für sich, eine Welt, deren Gesetze ihm allein bekannt sind, in der er selbst Fatum, Gehirn, lieben Gott spielen kann, eine Welt, die er sorgfältig mit all den rüden Brutalitäten der bestehenden ausstattet, gleichsam legitimiert, damit die Mitmenschen seinen Sieg umso tiefer zu erkennen vermöchten; andrerseits haucht er Wesen Leben ein, die wie von einem anderen, lichteren Planeten herzukommen scheinen, sich nach der Logik andrer atmosphärischen Verhältnisse bewegen, bei denen die Seele mehr vom Körper aufgebraucht hat, als die irdischen Bedürfnisse des Mitmenschen je begreifen werden. Die Rache des gegenwärtigen Lebens an jenen, die sich ihm in freventlicher Überhebung zu entziehn suchen, kommt in Poes Existenz in ungewöhnlicher Härte zum Ausdruck, allein neben diesen bestanden noch geheimnisvollere Zusammenhänge die Poe Baudelaire vor allem wert machten – so berichtet er staunend, fast grausend, daß er in Jahren, da er von Poe noch nichts ahnte, Pläne gefaßt hat, die er später Wort für Wort ausgeführt in seinem Werke wiederfand. – Auch Wagner's Tannhäuser zwischen Wartburg und Venusberg schlug auf Baudelaire mit der Wucht des Erlebnisses nieder. Das metaphysische Durchdringen der Sage mittels der Musik, die Gewalt Wagners, für übersinnliche Vorgänge Rhythmen zu schaffen, die packen und bezwingen wie ungewisse, doch insgeheim bewußte Schwingungen aus einem andern Leben, der Flügelschlag der Entführung, Erhebung, des Entzückens, der in dieser Musik bebt, sie wurden für Baudelaire, was sie nach ihm so vielen der Besten, am Leben Leidenden, nach Erlösung Weinenden, unheilbar an dem Versagen der Vollendung Krankenden geworden sind. Am 16. 2. 1860 schreibt Baudelaire an seinen Freund Poulet-Malassis: »ça a été, cette musique, une des grandes jouissances de ma vie; il y a bien 15 ans, que je n'ai senti pareil enlèvement«; und die Worte, die er beim Anhören des Lohengrinvorspiels niederschreibt, sind hell und unirdisch in Wahrheit wie das Schweben der Taube über dem Leuchten des Grals. – Aber man muß auch die Worte lesen, die Baudelaire unter dem Eindrucke des schmählichen Abenteuers hinwirft, das die »große Welt« von Paris dem »Tannhäuser« in der

Oper bereitete. Ebenbürtige Worte des Zornes, welche anzeigen, wie tief Baudelaire selbst an den eigenen Nerven die Ohnmacht des Ankämpfens wider die undurchdringbare Ignoranz, den Haß und das instinktive Mißtraun der »Gebildeten« erfahren hatte, wie sicher er auch den endlichen Triumph dieser Musik voraussah, die Apotheose von Wagners Genius und des eignen, wesensverwandten. –

Nur wie ganz ferne, verwehte Akkorde tönen die Eindrücke des wirklichen Daseins in die »Paradis artificiels« herüber. Sogar die harte, elementare Tragik der Jugendzeit de Quinceys fällt, wie durch ein magisches Prisma in Milde und Verklärung aufgelöst, in diese Welt der Klarheit, Entrücktheit herein. Ann, die kleine Dirne aus Oxfordstreet, die guten Geschwister von Llan-y-Stindwr, der sonderbare Malaye, wer könnte sie noch unterscheiden von Levana, Unsern lieben Frauen von der Traurigkeit, wer könnte behaupten, der spiegelbesetzte Salon im Hotel de Pimodan, darin Baudelaire in den Freuden des Haschisch unterwiesen wurde, deren begeisterter Künder er wurde, besäße mehr Realität, sei faßbarer als jene stillschweigende, mit Türmen, Glocken und Palästen in die Wälder der Tiefsee versenkte Stadt Savannah-la-Mar? Hier ist das Reich, die Pforte des Reiches gefunden, darin nicht Kampf noch Taumel sondern Gewähren herrscht, das Kief des Orientalen ist die Sonne der Emporgehobenen, die dem Grab den Frieden, dem Himmel die Seligkeit vorwegnahmen. Hier darf die vom Irdischen gereinigte Seele der unerhörten Ausdehnung, dem ungemessenen Wachstum ihrer Kräfte beiwohnen; die Logik der Außenwelt gleitet in eine hohe, rhapsodische Eigenwillkür über; nicht wie der Schlaf, verwischt die lösende Kraft des Opiums, des Haschisch die Eindrücke des noch wachenden Gehirns, sondern nimmt sie auf, steigert sie zu fantastischen Proportionen; in dem Willen, der im Schlaf unterliegt, beginnt der Same der Erfüllung zu wirken, die Hoffnungen schießen empor zur Reife, in den erlahmten Kräften erbrausen unerhörte Ströme von Gewalt, und ein Wort, der Klangfall eines Wortes wie de Quinceys »Consul Romanus« vermag die Einbildungskraft derart anzuspornen, daß der Mensch, der vor Sekunden noch gebrochen, verzweifelt den Kopf in den Händen vergrub, jetzt an der Spitze klirrender Kohorten, die Croupe seines Rosses mit der flachen Klinge bearbeitend, siegreich über blutige Ebenen fliegt.

Was kann der Begehr des Menschen noch sein im wirklichen Leben, in das er zurückfällt aus solchen, durch den eigenen Willen geborenen Ekstasen? »Chantre des voluptés folles du vin et de l'opium«, (heißt es im unveröffentlichten Vorwort zur II. Ausgabe der »Fleurs«,) »je n'ai soif que d'une liqueur inconnue sur la terre, et que la pharmaceutique céleste elle-même ne pourrait pas m'offrir; d'une liqueur qui ne contiendrait ni la vitalité, ni la mort, ni l'excitation, ni le néant. Ne rien savoir, ne rien enseigner, ne rien vouloir, ne rien sentir, dormir et encore dormir, tel est aujourdhui mon unique voeu.«

Und sein überdrußkrankes Herz, das auf die Frage: armes Herz, wo ist deine Heimat? keine Antwort mehr weiß, als: gleichviel, gleichviel wo, anywhere out of the world! formt sich aus jenen wunderbaren Welten des Traumes ein Reich, aus dem alles verbannt ist, was an Werden, Wachsen, Vergehen gemahnen könnte, an Kampf, Anstrengung, Unterliegen, an Sieg des Starken über den Schwachen, an Vergeltung und Gerechtigkeit; ein Reich, in dem es nicht Menschen, noch Tiere, noch Pflanzen gibt, niemand der sich sehnt, niemand den die Liebe schüttelt; kein Laut lebt da, keine Sonne; das Metall, der Marmor, die Flut herrschen, kristallne Katarakte gleiten über köstliche Steine hinweg, alles hat sein Licht aus sich selber heraus, und wie die große Harmonie der Sphären, von der die Alten ehrfürchtig berichten, schwebt über diesem Reich allein ein ewiges, uferloses Schweigen.

Redentem feriunt Ruinæ.

à Mon ami Auguste Malassis,
le seul être dont le rire ait allégé
ma Tristesse en Belgique.
C. B

Hier – ist seine Heimat. Aber wenn über seinen letzten, von Not und Gebrechen erfüllten Jahren dennoch ein Schimmer wie von Glück ausgebreitet ist, so liegt das daran, daß er sein Leben lang die Mutter schwer entbehrt hatte. Um die Zeit, da die »Fleurs« erschienen, der Ruhm, aber auch die Demütigungen und die Verfolgung, starb der General Aupick. Mit einer schmalen Rente und vielen Erinnerungen zog sich Baudelaires Mutter nach dem kleinen Honfleur zurück. Hier, in einer zierlichen Villa, einem winzigen Pavillon dachte sie die Tage, die ihr noch beschieden, in Sammlung, Religion und Gedenken hinzubringen. Alte Offiziere, Freunde des Verstorbenen, besuchten sie, saßen bei ihr, sprachen mit ihr über die alten Tage, den vergilbten Glanz; wurde der Name des Sohnes genannt, setzten sich die alten Herren steif auf, redeten kurz und barsch, wie sie's vom General gewohnt waren, über »den Menschen«, dessen Ruf sie von Hörensagen kannten. Wenn sie fort waren, setzte sich die Greisin hin und schrieb an ihn; und bald kam seine Antwort. Immer häufiger kamen, gingen diese Briefe. Wie zwei Verliebte nach langer Trennung, schrieben sie einander, Mutter und Sohn. Und nun bat sie, beschwor sie ihn: er solle kommen; Frieden, die Mutter, stille und behütete Stunden der Arbeit in einem kleinen, hellen Mansardenzimmer, von dem man das Meer erblicken könne, keine, keine Menschen. Und aus seiner elenden Hotelstube, die er in der Nähe des St. Lazare-Bahnhofs gemietet hatte, um nahe zu sein, wenn die Angst, der Wunsch ihn übermannen würden, kam er zur Mutter, verbrachte Tage, Wochen in ihrer Nähe, versuchte sich zur Arbeit, zur Gesundheit zu sammeln, zu zwingen. Aber die Sorgen, die Schulden, die schlimme Hast, ins Blut übergangen, trieben ihn immer wieder nach Paris zurück. Ergreifend sind die Aufzeichnungen in den Tagebüchern aus diesen letzten Jahren; der Dandy, der Kühle, Überlegene, der zu spielen, auszunützen vorgibt, ist verschwunden, atemlose Blätter sind mit hingeschluchzten, hingeschrienen Worten angefüllt, Vorsätzen, Wünschen, Reue, Gelöbnissen. »Hygiène, Morale, Conduite,« die letzten Blätter von »Mon coeur mis à nu« beginnen unabänderlich mit diesen Worten; zwischendurch wie ein Angstschrei, wie der Schrei eines Menschen aus tiefem Traum, die Erkenntnis: zu spät. »J'ai cultivé mon hystérie avec jouissance et terreur, maintenant j'ai toujours le vertige, et aujourdhui 23 janvier 1862, j'ai subi un singulier avertissement, j'ai senti passer sur moi le vent de l'aile de l'imbécillité.« Und unmittelbar darauf: »A Honfleur! le plus tôt possible, avant de tomber plus bas.«

TITELZEICHNUNG VON ROPS ZUR BRÜSSELER AUSGABE
DER AUSGEMERZTEN STÜCKE DER „FLEURS DU MAL"

Aus irgendwelchen Analogien im Leben Poes taucht ein Plan auf, reift, reißt ihn hin: in den großen Städten Belgiens will er durch Vorträge über Gautier, Delacroix Geld schaffen, seine Reputation auffrischen; in Brüssel hofft er einen Verleger für seine Essays zu finden; das Land lockt ihn an, er wird ein Buch schreiben über Belgien – ja, freiwillig legt er sich, *als Buße,* diese Verbannung auf, und gelobt, nur im Triumph nach Frankreich zurückzukehren, äußerlich und innerlich gefestigt durch Ruhm, Geld, ein neues Werk. Diese Reise bringt ihm die bitterste, die letzte Enttäuschung. Seine Vorträge hält er vor leeren Bänken, gewissenlose Unterhändler betrügen ihn um den spärlichen Erlös, in diesem Lande, in dem »alles schwarz und stumpf, die Frauen plump und animalisch, die Blumen ohne Duft« sind, verlebt er trostlose Monate, von der ungesunden Neugierde der Leute umdrängt, die in ihm ein excentrisches Fabeltier vermuten, ihm, da die vornehme beherrschte Trauer seiner zur Neige gehenden Existenz dem Bilde widerspricht, roh ins Gesicht schrein: er sei nicht der Verfasser seiner Werke. Dazu die Not. Im »Hôtel du Grand miroir« in Brüssel, an das er durch Schulden gefesselt ist, verweigert man ihm das Letzte, dessen er noch bedarf: das Opium, und von Ohnmachten, Angstzuständen, Vorboten von Schwererem gequält, schreibt und schreibt er, mechanisch und unablässig die harten und ungerechten Notizen für sein Buch über Belgien ab. Endlich naht Hilfe; Freunde befreien ihn aus der Gefangenschaft im »Grand miroir«; Baudelaire besucht die alten Städte Flanderns, um seine Notizen zu vervollständigen, reist nach Namur, wohin ihn Félicien Rops Schwiegervater ruft; und in der Kathedrale, dem Meisterbau der Jesuiten, dem »düster-lüsternen Katafalk« ereilt ihn *die Rache,* die er voraussah.

Gelähmt, der Sprache beraubt, bringen ihn die Freunde, die alte Mutter nach Paris heim, wohin er im Triumph zurückkehren wollte. Draußen, in der Nähe der Avenue d'Eylau, in der Maison Duval, ist ihm ein Zimmer bereitet, dort wird er seine letzten Monate verleben. Von der Mutter betreut, Freunden, die ihn lange gemieden, wieder umgeben, bringt er seine Tage hin. Spricht man zu ihm, hat's den Anschein, als wache seine Intelligenz, aber die wenigen Worte, »bonjour, bonsoir, la lune est belle«, die er mit Mühe erlernt, gleiten wie ein irrer Schall von seinen Lippen; und als er sich einmal, mit verwildertem Bart und Haupthaar im Spiegel erblickt, erkennt er sich nicht, grüßt – Und seine Augenblicke sind ganz in Liebe, Sorgfalt, Aufopferung gehüllt. Man hat die Wände seines Zimmers mit Bildern geschmückt, Bildern Manets, der Kopie des Porträts der Herzogin von Alba, von Goya, das er in anderen Tagen sehr geliebt, Blumen stehn ringsum, auf dem Tisch vor seinem Bett sind seine Lieblingsbücher aufgestapelt, und wenn schöne Frauen kommen, ihm aus Lohengrin, aus Tannhäuser vorspielen, könnte er das alte Gesicht, das pochende Herz seiner weinenden Mutter an seiner Brust fühlen. So gleitet er hinüber, stumm und traurig inmitten all dieser verspäteten Zärtlichkeit, mit starren, erstaunten Kinderaugen, die in eine märchenhafte Ferne zu blicken scheinen, vielleicht wie einst in das Feenland der guten Dame Panckouke.

Paris: Musée du Luxembourg

Junges Mädchen findet das Haupt des erschlagenen Orpheus

Über tredition

Eigenes Buch veröffentlichen

tredition wurde 2006 in Hamburg gegründet und hat seither mehrere tausend Buchtitel veröffentlicht. Autoren veröffentlichen in wenigen leichten Schritten gedruckte Bücher, e-Books und audioBooks. tredition hat das Ziel, die beste und fairste Veröffentlichungsmöglichkeit für Autoren zu bieten.

tredition wurde mit der Erkenntnis gegründet, dass nur etwa jedes 200. bei Verlagen eingereichte Manuskript veröffentlicht wird. Dabei hat jedes Buch seinen Markt, also seine Leser. tredition sorgt dafür, dass für jedes Buch die Leserschaft auch erreicht wird.

Im einzigartigen Literatur-Netzwerk von tredition bieten zahlreiche Literatur-Partner (das sind Lektoren, Übersetzer, Hörbuchsprecher und Illustratoren) ihre Dienstleistung an, um Manuskripte zu verbessern oder die Vielfalt zu erhöhen. Autoren vereinbaren direkt mit den Literatur-Partnern die Konditionen ihrer Zusammenarbeit und partizipieren gemeinsam am Erfolg des Buches.

Das gesamte Verlagsprogramm von tredition ist bei allen stationären Buchhandlungen und Online-Buchhändlern wie z. B. Amazon erhältlich. e-Books stehen bei den führenden Online-Portalen (z. B. iBookstore von Apple oder Kindle von Amazon) zum Verkauf.

Einfach leicht ein Buch veröffentlichen: **www.tredition.de**

Eigene Buchreihe oder eigenen Verlag gründen

Seit 2009 bietet tredition sein Verlagskonzept auch als sogenanntes "White-Label" an. Das bedeutet, dass andere Unternehmen, Institutionen und Personen risikofrei und unkompliziert selbst zum Herausgeber von Büchern und Buchreihen unter eigener Marke werden können. tredition übernimmt dabei das komplette Herstellungs- und Distributionsrisiko.

Zahlreiche Zeitschriften-, Zeitungs- und Buchverlage, Universitäten, Forschungseinrichtungen u.v.m. nutzen diese Dienstleistung von tredition, um unter eigener Marke ohne Risiko Bücher zu verlegen.

Alle Informationen im Internet: **www.tredition.de/fuer-verlage**

tredition wurde mit mehreren Innovationspreisen ausgezeichnet, u. a. mit dem Webfuture Award und dem Innovationspreis der Buch Digitale.

tredition ist Mitglied im Börsenverein des Deutschen Buchhandels.

Dieses Werk elektronisch lesen

Dieses Werk ist Teil der Gutenberg-DE Edition DVD. Diese enthält das komplette Archiv des Projekt Gutenberg-DE. Die DVD ist im Internet erhältlich auf **http://gutenbergshop.abc.de**